Je suis le plus
GRAND

Pour Éloi

ISBN 978-2-211-22248-8
Première édition dans la collection *lutin poche* : mars 2015
© 2014, l'école des loisirs, Paris
Loi numéro 49 956 du 16 juillet 1949 sur les publications
destinées à la jeunesse : février 2014
Dépôt légal : mars 2015
Imprimé en France par GCI à Chambray-lès-Tours

Stephanie Blake

Je suis le plus
GRAND

lutin poche de l'école des loisirs
11, rue de Sèvres, Paris 6e

Aujourd'hui,
maman mesure
Gaspard et Simon
sous la toise de la chambre.
« Oh ! Comme tu as grandi,
Gaspard ! »
s'exclame maman.
« À moi ! »
dit Simon.

« Toi aussi, Simon, tu as grandi.
Tu as pris un centimètre,
mais Gaspard a pris

TROIS

centimètres ! »
dit maman.
« N'importe quoi ! »
répond Simon.

À table,
maman sert des crêpes.
« Tu en as donné plus à Gaspard qu'à moi ! »
dit Simon.
« Mais non, Simon, vous avez eu
le même nombre de crêpes ! »
répond maman.
« N'importe quoi ! »
dit Simon.
Lorsque son papa lui dit :
« S'il te plaît, mon chéri, reste poli ! »
Simon répond :

« N'importe quoi ! »
Alors papa s'énerve et dit :
« Ça suffit !
Va dans ta chambre,
tu es puni ! »

Dans sa chambre,
Simon regarde la toise.
Il est ahuri.
Il n'a pris qu'un seul
micro
mini
centimètre
alors que Gaspard en a pris
TROIS !
Et d'une toute,
toute petite voix,
Simon dit :
« Je te déteste, Bébé Cadum. »

À deux heures et demie,
maman emmène
Simon et Gaspard au square.
Lorsqu'elle dit :
« Simon, tu surveilles bien Gaspard ! »
Simon lui répond :
« Bien sûr, chère mère,
ne vous inquiétez pas,
je prendrai

GRAND

soin de lui. »

Au square,
il se passe mille choses.
D'abord,
Simon se tourne vers
Gaspard et dit :
« Dégage, Bébé Cadum ! »
Ensuite,
Simon rejoint l'équipe de foot
de Ferdinand.
Ils mettent trois buts à zéro
contre l'équipe adverse.
Ils sont TROP contents !
Mais, tout à coup,
Simon aperçoit Gaspard au loin…

Son petit frère
se fait embêter par un
GRAND
qui est dans la classe
de Simon.

Simon a un sourire satisfait
et il dit :
« C'est bien fait pour lui ! »

Mais, quelques secondes
plus tard,
Simon sent son cœur qui bat.
Il devient rouge écarlate.
Il n'est pas
QUESTION
que quelqu'un
touche à

SON

petit
frère !
Simon court
jusqu'au bac à sable
et crie :

« Lâche mon petit frère ou sinon… »
« Sinon quoi ? » répond le GRAND,
pas du tout impressionné.
« Sinon, je te transforme en pâté ! »
répond Simon en se jetant sur lui.
Le GRAND a tellement peur
qu'il pâlit et s'enfuit.
Alors, Gaspard est TROP content et il dit :
« T'es TLO fort, toi ! »
Mais lorsque Simon lui répond :
« Normal, Bébé Cadum !
Je suis le
PLUS GRAND ! »
D'une toute,
toute petite voix,
Gaspard lui répond :

« N'impolte quoi ! »